Penélope Martins

Mãe noite

ilustrações: Elma

PANDA BOOKS

Texto © Penélope Martins
Ilustração © Elma

Direção editorial
Marcelo Duarte
Patth Pachas
Tatiana Fulas

Gerente editorial
Vanessa Sayuri Sawada

Assistentes editoriais
Henrique Torres
Laís Cerullo
Samantha Culceag

Projeto gráfico e diagramação
Carolina Ferreira

Revisão
Clarisse Lyra

Impressão
BMF

CIP-BRASIL. CATALOGAÇÃO NA PUBLICAÇÃO
SINDICATO NACIONAL DOS EDITORES DE LIVROS, RJ

M345m
Martins, Penélope
Mãe noite / Penélope Martins; ilustração Elma. – 1. ed. – São Paulo: Panda Books, 2023. 40 p.: il.; 25 cm.

ISBN 978-85-7888-769-8

1. Ficção. 2. Literatura infantojuvenil brasileira. I. Elma. II. Título.

23-85673 CDD: 808.899282
CDU: 82-93(81)

Meri Gleice Rodrigues de Souza – Bibliotecária – CRB-7/6439

FSC
www.fsc.org
MISTO
Papel | Apoiando o manejo florestal responsável
FSC® C125132

2023

Um selo da Editora Original Ltda.
Rua Henrique Schaumann, 286, cj. 41
05413-010 – São Paulo – SP
Tel./Fax: (11) 3088-8444
edoriginal@pandabooks.com.br
www.pandabooks.com.br
Visite nosso Facebook, Instagram e Twitter.

... para todas as pessoas que acendem a
palavra, contando e ouvindo histórias com
a confiança necessária para as travessias.

Faz silêncio lá fora.

Os sonhos nascem dentro do abraço de mamãe.

O vento assobia pelo vão da janela.

— A coruja pia no coração da noite, meu bem.

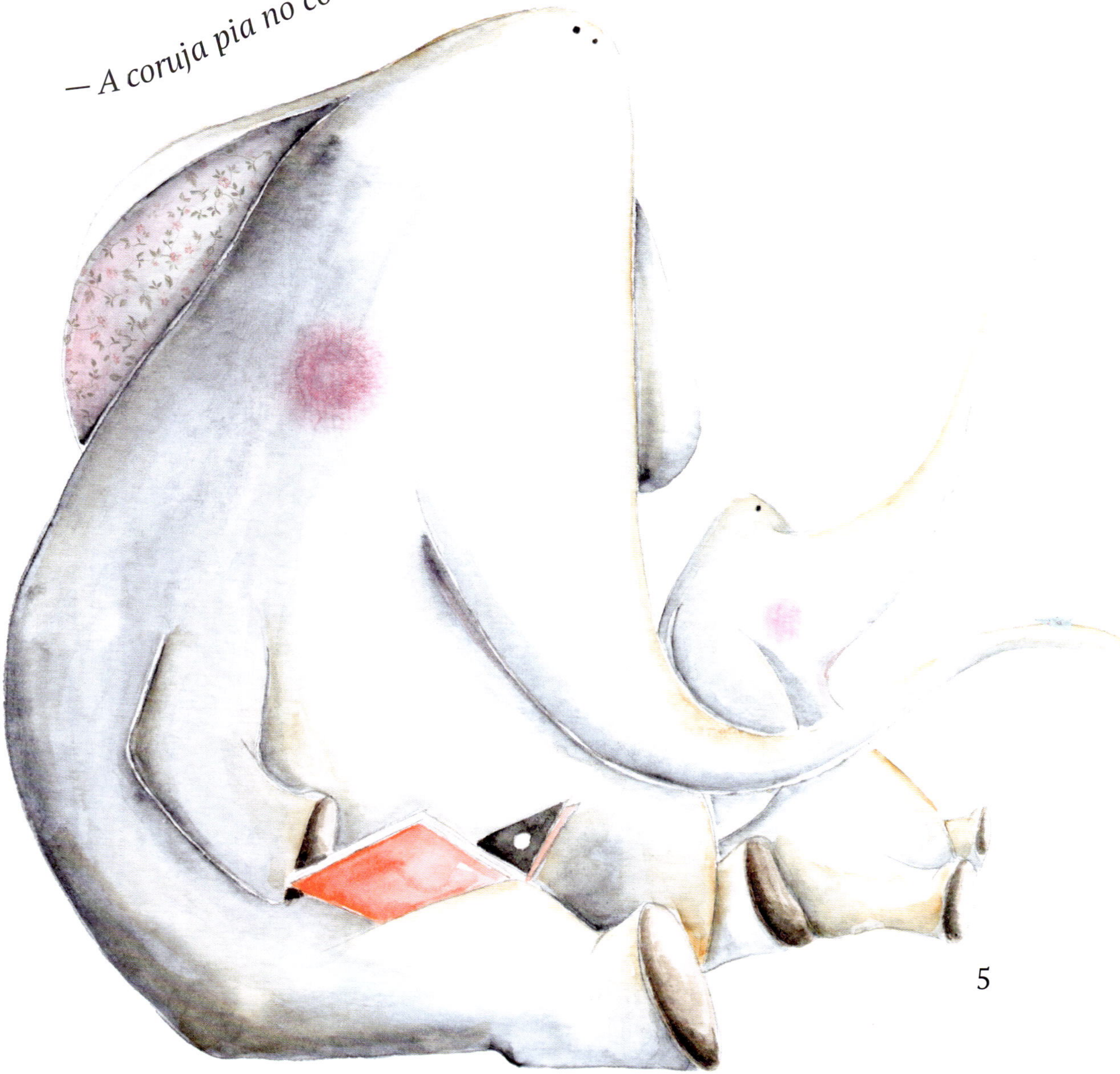

A história faz adormecer a casa inteira. As palavras desenham grilos, vaga-lumes e sapos.

A luz do abajur é uma lua redonda. Os nossos olhos são estrelas que piscam no breu.

— Mamãe, a lua é mãe das estrelas?

— *Pode ser.*

— Ela fica barriguda e nascem estrelas do seu umbigo?

— *Nunca tinha pensado nisso.*

— Deve ser assim mesmo. As estrelinhas vão saindo, rodeando a mãe.

— *E depois?*

— A lua se esvazia quase toda, fica fininha. E sorri.

— *Sorri ao ver suas estrelas crescendo.*

— Por isso que a barriga dela enche de novo. É de feliz.

Mamãe também sorri. Sua boca é engraçada e pequena, mas nela cabem todas as histórias do mundo. Algumas brotam bem devagar, como bolas de algodão. Outras são ligeiras como um assobio.

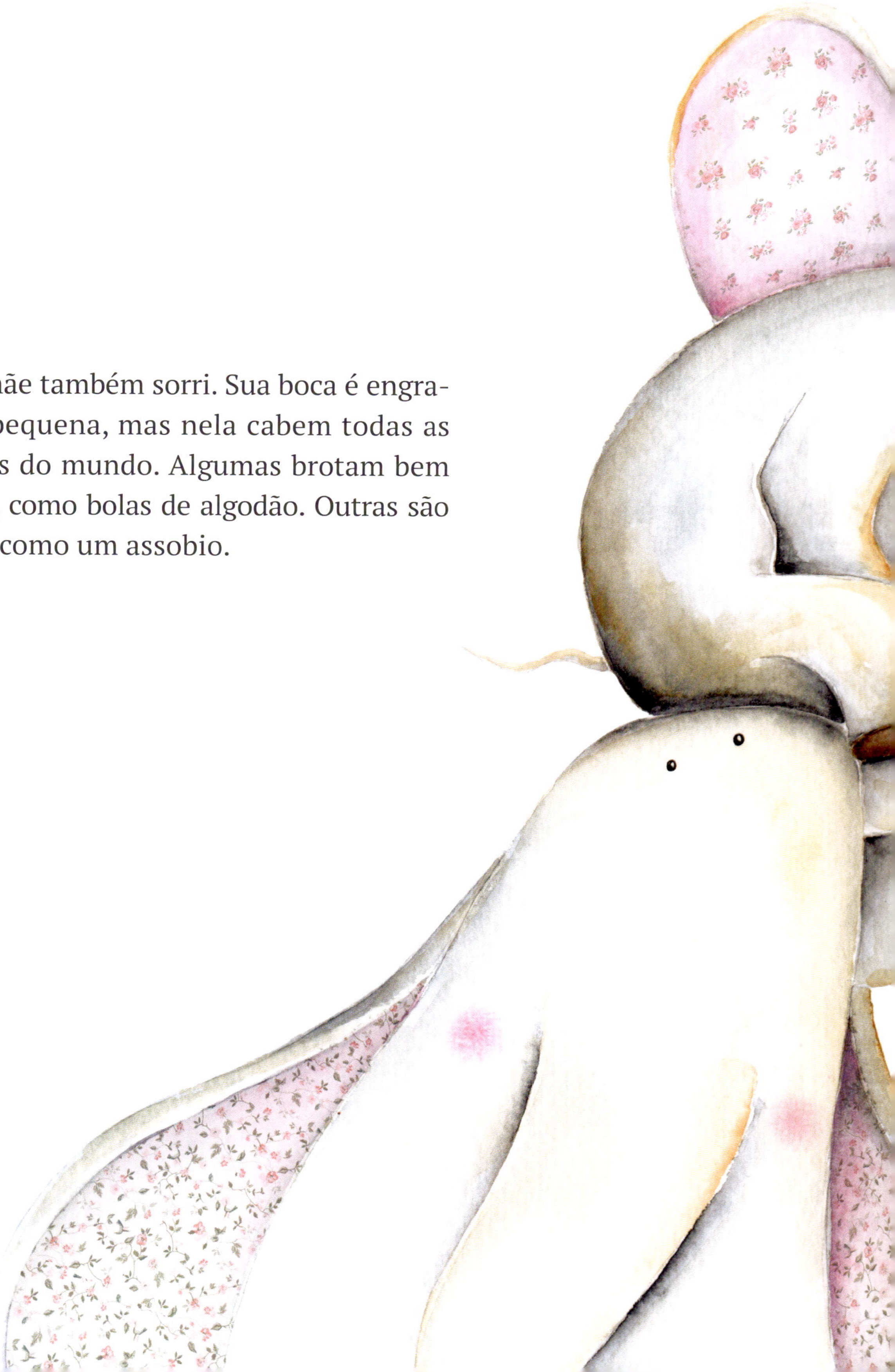

— Pode me contar história de bicho?

— *Que tipo de bicho, meu amorzinho?*

— Pequeno como um rato. Engraçado ser pequeno e botar medo na gente.

— Ratos se parecem com morcegos?

— Morcegos têm asas, mamãe, ratos não podem voar.

— Você tem toda razão. Mas na minha imaginação...

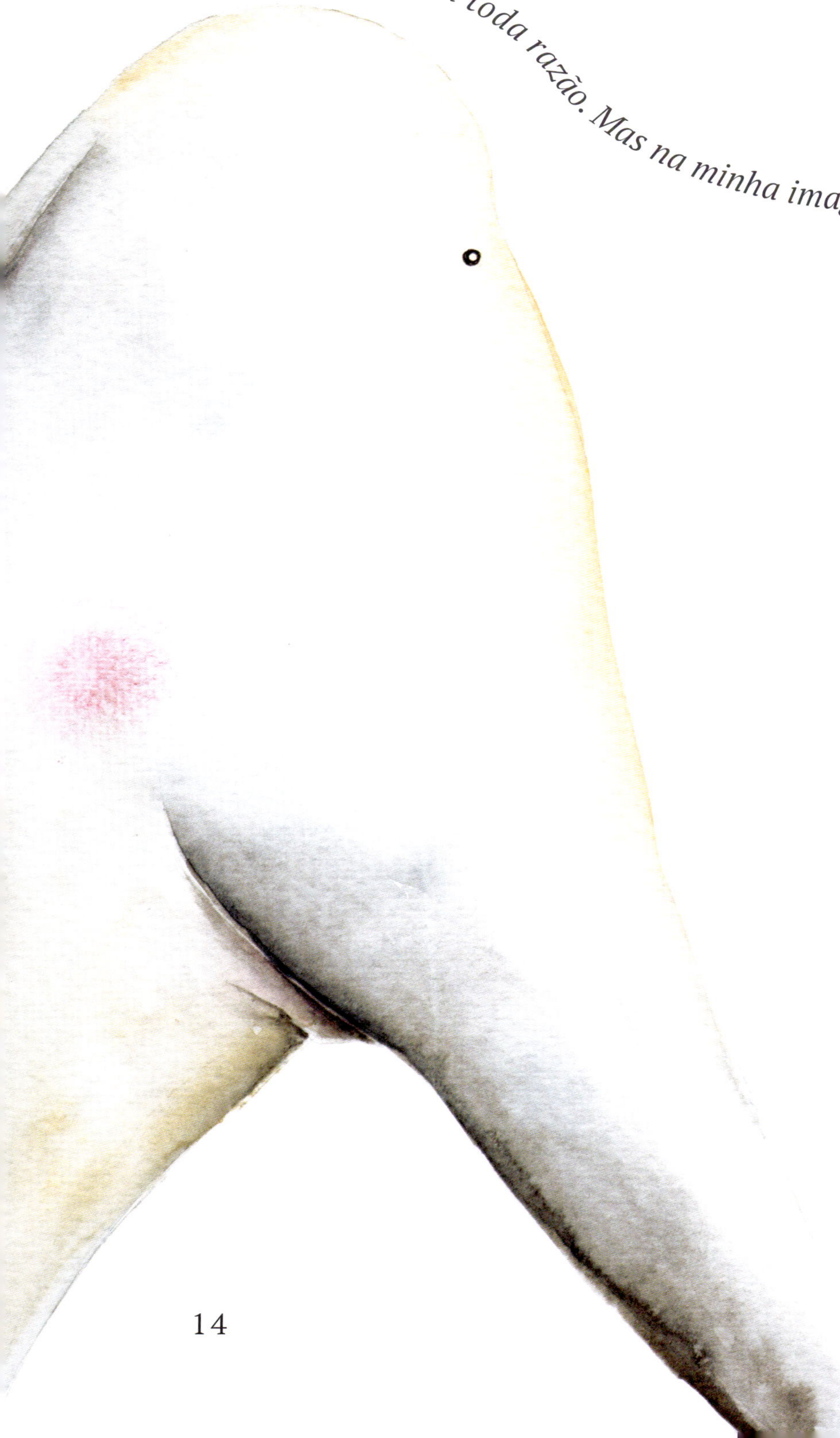

— O que é que tem?

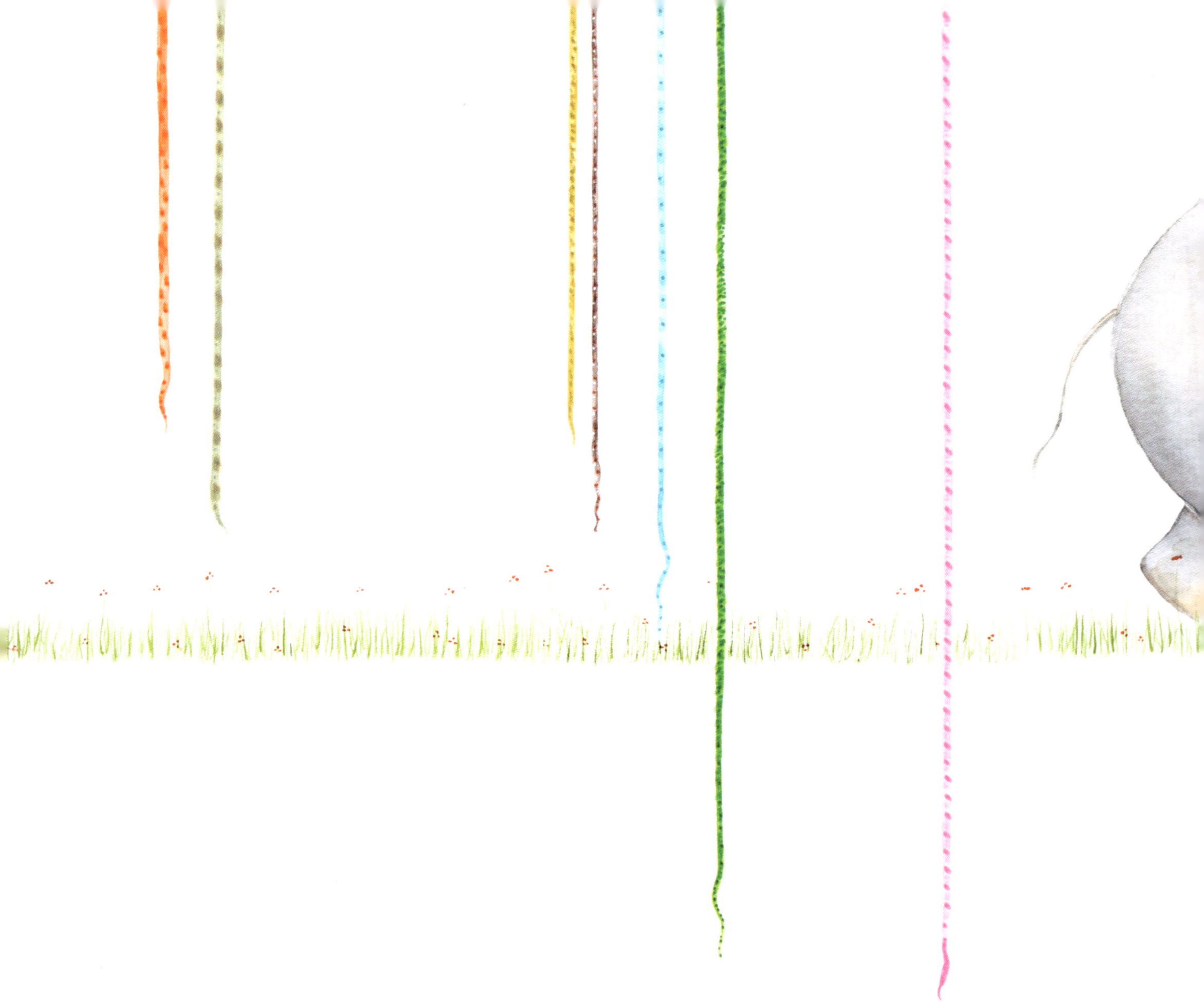

— Depende, por vezes são serpentes que se enrolam, deixando apenas a pontinha do rabo para fora.

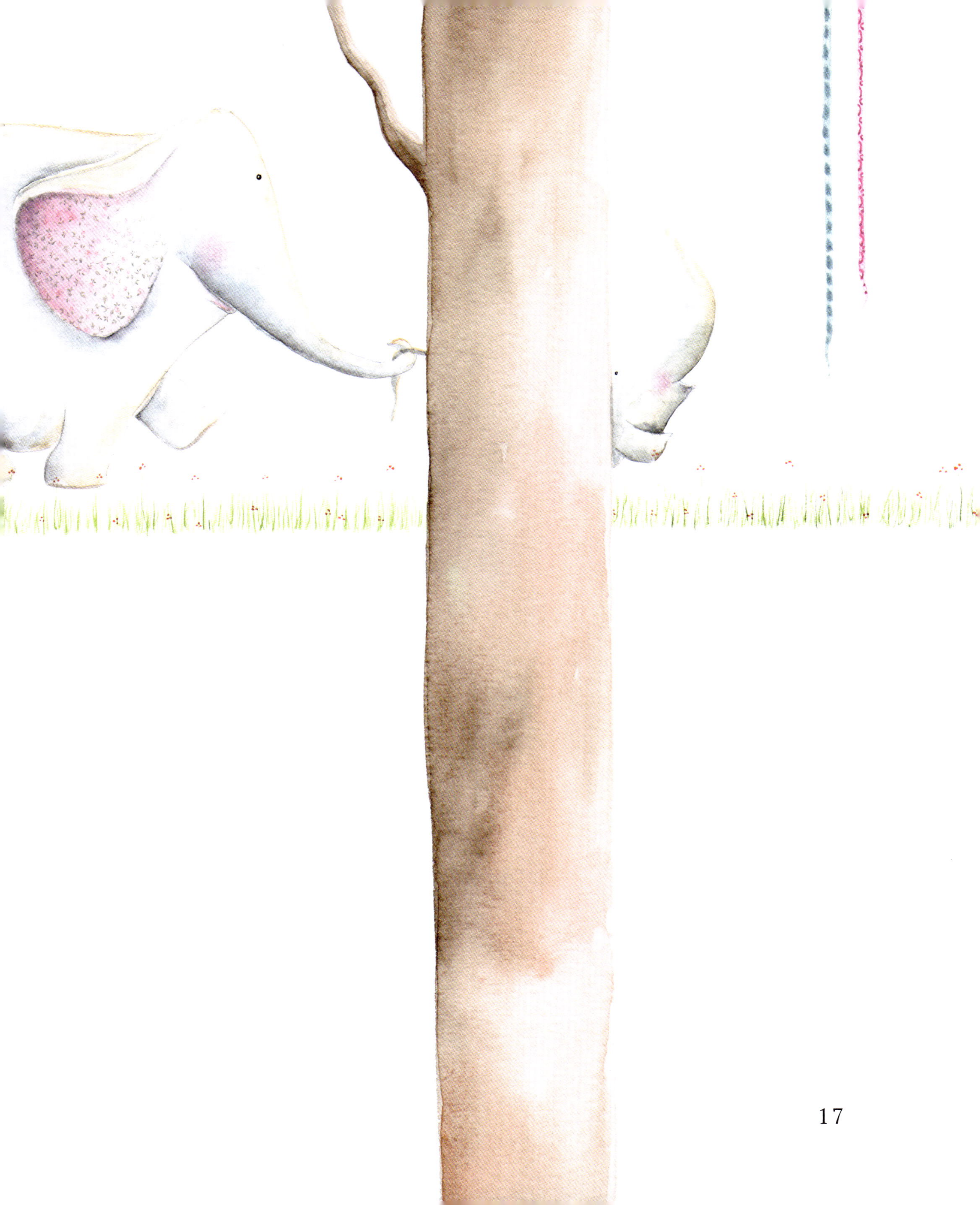

— Pode contar essa história?

— *Qualquer uma?*

— Sabe alguma de onça?

— *Onça-pintada ou suçuarana?*

— Quero com palavras mágicas que façam as árvores saírem de seus lugares com pernas compridas e pés de raízes.

— *Era uma vez…*

Mamãe começa com "Era uma vez...", feitiço que aprendeu com sua mãe, e minha avó aprendeu com a bisavó, que aprendeu com a trisavó, e isso é coisa sem fim.

Quando ela conta a história, as vozes se misturam. A primeira que escuto é de mamãe, mas, em seguida, o tempo fica antigo, a voz da vovó aparece.

— Era uma vez um ratinho, não, um camundongo perdido nas profundezas de uma caverna.

— Caverna com fogo por dentro?

— Poderia ser.

— Mas era?

— Talvez. Isso não faria diferença nenhuma no que aconteceria com o ratinho.

— Mas e se fosse um camundongo?

— *Só seria diferente por causa de suas orelhas. Sim, e o rabo.*

— Era o que eu pensava...

— *O quê?*

— Os ratos não poderiam ser primos dos morcegos. Nem os camundongos.

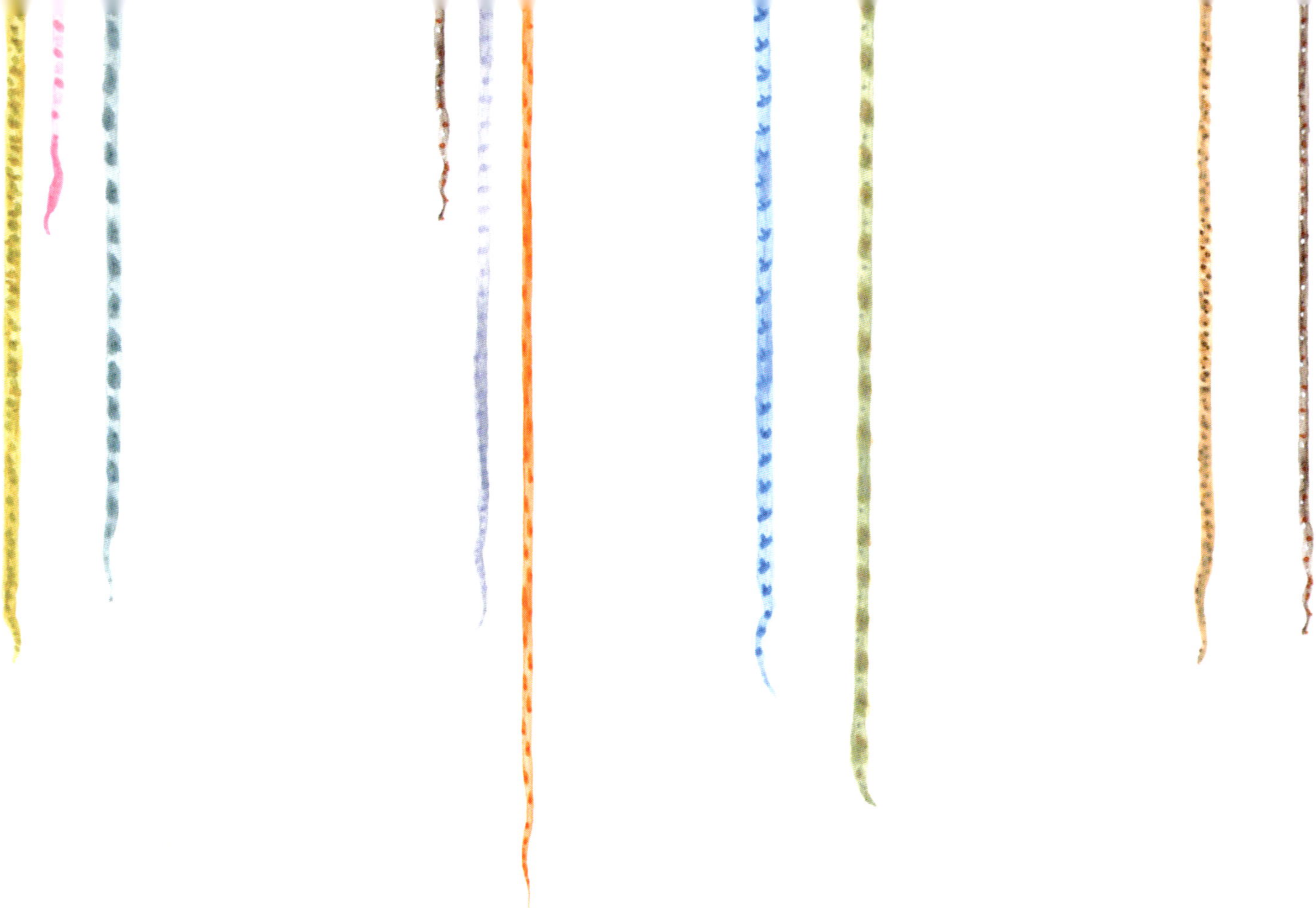

— Mas todos eles poderiam estar dentro da caverna, não é, mamãe?

— *Você realmente sabe das coisas, criança.*

— Não sei de todas as coisas.

— *Como assim?*

— Muita gente sabe coisas, mas não todas as coisas.

— *Sim...*

— Saber o que uma árvore conversa com a outra é uma coisa bem difícil.

— *Verdade. É um mistério.*

— Conta.

— *Era uma vez...*

Mamãe anoitece. Revela segredos que só ela sabe. Busca o camundongo na história. Conta que ele fugiu diversas vezes da vassoura e que deve ser por isso que resolveu se esconder naquela caverna da floresta.

Também me diz da onça-pintada, esperta que só ela, enxergando os outros bichos no meio da escuridão da noite enquanto afia suas garras.

— Vai acontecer alguma coisa assustadora na história?

— Que tipo de susto?

— Algum bicho bem grande sai do fundo da caverna?

— Não dessa vez.

Mamãe sabe contar história de susto. Ela faz isso só para rir comigo. Enfiamos as caras debaixo das cobertas, somos camundongos.

Daí ela segura a minha mão, faz carinho no meu rosto e me diz que "é só história do era uma vez". E pronto. O medo acaba. Ou fica pequeno.

A história na boca dela é igual onda que cresce, cresce e engole tudo que tem pela frente. Depois a onda se desmancha, desaparece na areia. O mar corre para longe da praia. Tem o silêncio que espera.

— Aquele camundongo estava com medo?

— *Sim, medo do escuro.*

Mamãe olha por dentro da gente. Ela conhece sonho de voar em cavalo alado, sonho de atravessar oceano na montaria de peixe-espada, ou sonho de fugir como um camundongo assustado.

— A noite faz medo em gente e bicho.

— *Fazer medo, ela não faz. A noite é silenciosa, nada mais.*

— E o que faz medo, mamãe?

— *O pensamento.*

A luz do abajur fica acesa para fazer lembrar a saída da caverna.

— Mamãe, quem é mais forte do que o pensamento?

Ela se deita ao meu lado. Seus braços me abraçam. Seu silêncio me faz ouvir o ar lá fora e aqui dentro. Os meus olhos querem ficar abertos, mas eles se fecham para ver a história, seguindo os passos de um camundongo.

Olá, eu sou Penélope Martins, quem escreveu esta história. Quando eu era criança, minha avó Laura me contava coisas antigas e dizia que a história dela morava dentro de mim. Meu avô Antônio não contava história, mas me chamava para ouvir as modas de viola, e eu via os olhos dele se encherem de lágrimas. O meu outro avô, Valentim, contava histórias da terra e do mar, e suas palavras sabiam da aldeia onde nasceu, assim como minha outra avó, meu pai e minhas tias. E foi assim que eu aprendi a conhecer o mundo, ouvindo histórias. Quando vem a noite, eu recordo tudo que já foi, penso no que está por vir. A noite é esse mistério, acorda com seu silêncio as histórias que moram dentro da gente. Você deve estar se perguntando sobre o camundongo que aparece e desaparece neste livro. Peço desculpas por não ter contado todos os detalhes. Mas a criança desta história se parece comigo e de tão curiosa acaba querendo saber tudo e esquecendo outro tanto pelo caminho.

Oi, sou Elma. Sou ilustradora, escritora e filha de professora. Com a minha mãe, aprendi as letras, a formar palavras, a ler e a escrever. Sempre gostei muito de ouvir as histórias das minhas avós. A minha avó Rosa gostava de contar as histórias da minha região, o Nordeste. Já a minha avó Sílvia me ensinou a gostar de livros, de manuseá-los, de sentir o cheirinho e me encantar com as ilustrações. Líamos juntas, no fim da tarde, debaixo de um pé de manga do seu quintal. Tornei-me mãe, e os livros fizeram parte da nossa rotina. Quando meus filhos cresceram, passei a ilustrar e a escrever livros, alguns traduzidos até para outras línguas. A felicidade que sinto em saber que os leitores podem conhecer algumas das minhas histórias faz eu me lembrar da infância que guardo com cuidado dentro de mim. Ah, hoje sou avó e continuo contando todas aquelas histórias de quando eu era pequena, as que leio e as que escrevo e ilustro para os meus netos e tantos outros leitores.